스키터

스키터

글.그림 박지현

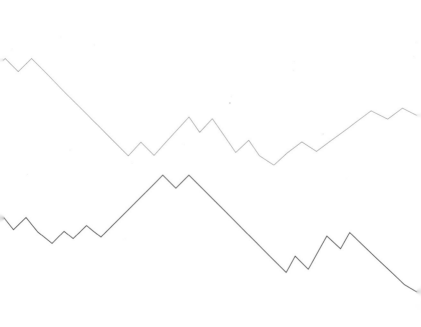

사랑하는 가족과 친구들에게

1. 섬

할머니, 엄마가 갑자기 드라마를 정주행하기 시작했어. (정주행은 쉬지 않고 연달아 작품을 본다는 뜻이야.) 주로 옛 시절을 재현한 복고풍의 작품들인데 특히 <응답하라 1988>이라는 드라마 속 어머니들의 이야기에 굉장히 몰입하는 거 있지?

일을 마치고 거실에 들어가면 소파에 비스듬히 누워 음량을 최대로 키워둔 채 리모콘을 들고 있는 엄마를 자주 볼 수 있었어. 눈물이 귓바퀴까지 흘러 그 자리가 선명해진 모습이 어둠 속에서도 보였고. <눈이 부시게>와 <청일전자 미쓰리>와 같은 드라마를 보면서도 똑같은 모습을 보였는데, 처음엔 드라마를 보는 게 취미가 되었나 했지만 그냥 티브이를 보는 것 자체에 집중하고 있는 모습이더라고.

매일 저녁 다양한 주인공들이 비쳐졌어. 벽에 가려 소파가 보이진 않았지만 "왔어?"라는 목소리가 들려오는 걸로 봐서 티브이 쪽으로 몸을 고정한 채 누워있는 게 분명했지. 나는 간단하게 인사를 하고 방으로 들어가 침대에 누웠어. 집으로 돌아오면 '어휴', '힘들어', '씻기 귀찮다' 등의 소리를 곧잘 내곤 하잖아. 엄마는 이런 소리를 들을 때마다 내가 안쓰러웠나봐. 근데 할머니도 알지? 엄마는 마음을 표현하는 데 무척이나 서툴다는 걸. 그래서인지 위로의 말 대신, 주로 보고 있던 티브이 프로그램의 내용을 중계해 주는 거야. "지현아, 이것 좀 봐봐." "이거 요새 인기 엄청 많아." "좀 나와 봐봐." 하는 등등. 하지만 너무 피곤했어. 왜 그때 있잖아. 너무나도 바쁜 전시에서 일주일 내내 일했던 그 시기. 집에 돌아오면 일어날 힘도 대꾸할 힘도 전혀 남아있지 않았던. 침대 위에서 "알았어. 알았어"라고 반복하다가 나가 보지 못하고 잠드는 날이 다반사였지.

이런 상황이 얼마나 반복되었을까. 엄마가 혼자 티브이를 보는 시간이 늘어났어. 자신에게 한마디라도 건네주길 바라는 듯 음량은 점점 커져갔지만 나는 그 소리를 들으며 잠들었지. 같은 집에 살지만 방문을 사이에 두고 얼굴 한 번 보지 못하고 말 한 번 안 하는 날이 일주일에 반은 됐을 거야. 근데 처음엔 미안했던 마음이 무심해지기 시작하더라고.

그 후로 어쩌다 말을 건네면 아주 뾰족하게 돋아있는 말투가 신경질적으로 건너왔어. 할머니도 알다시피 엄마와 난 서로에게 좀 유별났잖아. 별일도 아닌데 감정이 점점 격앙돼서 미운 감정이 더해지고 급기야 서로에게 돌직구를 던지곤 했던 그런 거. 나도 조용히 넘어가고 싶었는데 너무 화가 나는 거야. 사실 오늘도 서로에게 모진 소리를 했어. 할머니가 들어도 속이 상할 그런 말들을. 할머니, 우리 괜찮을까?

갱년기

인체가 성숙기에서 노년기로 접어드는 시기. 대개 마흔 살에서 쉰 살 사이에 신체 기능이 저하되는데, 여성의 경우 생식 기능이 없어지고 월경이 정지되며, 남성의 경우 성기능이 감퇴되는 현상이 나타난다.

갱년기우울병

초로기에 볼 수 있는 정신병. 보통의 우울증보다 불안이나 고민이 심하여 침착성이 떨어지며 초조와 흥분의 정도가 강하다.

출처: 표준국어대사전

2. 시그널

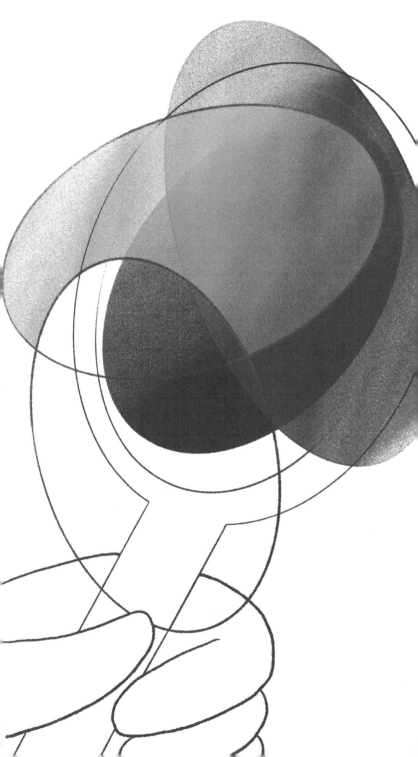

머리

북적이는 점심시간에 겨우 몸을 이끌고 나와 한숨 돌리고 있는데 휴대폰이 작은 소리로 울렸다. 목이 거의 보이지 않을 정도로 턱을 당겨 얼굴과 머리가 비정상적으로 커보이게 찍은 엄마의 사진이 가족 단톡방에 올라왔다. 사진이 도착한 지 1분도 채 되지 않아서 동생이 답장을 보냈다.

"머리 예쁘다! 사진 잘 나왔네!"

끝에만 조금 다듬었다며 이리저리 고개를 돌리고 찍은 사진이 연달아 두 장이 더 왔다. 사진만 보고 헤어스타일이 바뀐 걸 알아본 동생도 신기했지만 너 신기한 선 엄마의 미용실 방문 횟수였다.

'일주일 만에 다시 미용실이라니?'

바꾼 헤어스타일이 마음에 들지 않았나 보다 싶었지만, 불과 며칠 전 엄마는 단정히 정돈된 머리를 계속 거울에 비춰보며 자랑했었다.

그날 저녁, 소파에 앉아 하얀 손거울로 머리를 매만지고 있는 엄마에게 물었다.

"일주일 전에 미용실 다녀오지 않았어? 파마도 그렇고 계속 염색하면 너무 상할 것 같은데 한 달만 머리에 아무것도 안 하는 건 어때?"

그러자 엄마는 입을 삐죽거리며 말했다.

"미용실 다녀오면 기분이 전환돼서 그래. 요새 좀 답답해서."

그렇게 말하면서 "흰머리가 더 난 것 같아"라고 말을 얼버무렸다.

엄마의 머리는 시간이 지나도 어깨에 딱 걸치는 기장을 벗어나지 않았다. 층을 많이 내서 뿌리 볼륨이 도톰하게 올라와있는 스타일을 즐겨 했기에 미용실에서 엄마가 선택할 수 있는 시술도 많지 않았다. 일주일 만에 다시 미용실에 다녀온 머리는 전후 사진을 찍어 아주 자세히 들여다보아야만 미세한 차이를 느낄 수 있었다.

그 후에도 2주에 한 번, 길게는 3주에 한 번 미용실을 방문했다. 머리 염색, 끝부분 다듬기, 볼륨파마 등 다양한 시도를 했지만 눈에 띄는 변화는 없었다. 단순히 기분 전환을 위해 한 시간 정도 떨어진 미용실을 다녀오는 모습은 확실히 이상했다. 소파에 앉아 계속 거울을 들여다보는 엄마를 관찰했다. 고개를 돌려가며 하얀 손거울에 열심히 머리카락을 비춰보다 무언가를 쏙쏙 뽑아냈다. 바로 꼿꼿이 자라는 흰머리였다. 갈색으로 염색한 지 얼마 되지 않았는데 금세 왼쪽 손가락을 세 개나 사용해서 집어야 할 정도로 양이 불어났다.

엄마는 시간이 흘러감에 따라 변화하는 자신의 모습을 마주하기 두려워했다. 매년 생일 초를 세며 씁쓸한 표정을 짓곤 했다. 그에 대한 두려움이 '답답하다'는 말에 담기기 시작했을 때, 이해할 수 없는 행동의 이유가 보였다. 잠시라도 사실을 잊기 위해 제일 가볍게 기분 변화를 할 수 있는 방법을 찾으며 몰두하기 시작한 것이었다. 어쩌면 갱년기는 내가 알아차리기 훨씬 이전부터 진행된 것이라는 생각이 들었다.

할머니, 나는 우리 엄마니까 많이 알고 있다고 생각하면서 이해하려는

노력 자체를 아예 안 했던 것 같아. 그냥 우리 엄마라는 생각만 무심결에

갖고 있었어. 내가 둔한 게 아니라 관심을 가지려고 노력하지 않았나 봐.

이런 모습을 엄마도 느끼고 있었을까?

기념일

언젠가부터 부모님의 기념일이나 생일이 다가오면 휴대폰 초록창을 켜서 주변의 밥집부터 검색했다. 필요한 물건이 있는지 여러 번 고민하여 구매한 선물을 세탁실 서랍에 숨겨 두었다가 케이크와 함께 꺼내 보이곤 했던 예전과는 완전히 달라진 모습이었다. 사회생활을 시작하고 가장 큰 변화는 가족의 기념일이 다가오면 선물을 고를 생각조차 하지 않게 되었다는 것이다. '바쁘다'를 입에 달고 살며 '따로 시간 낼 여유가 없다'는 말을 당연하게 앞세우는 모습은 이질적으로 느껴지기도 했지만 그런 감정조차 일의 뒤편으로 밀어두곤 했다.

그러다 보니 현재 상황에 맞춰 제일 '간편한' 방법을 찾게 되었다. 기념일 날 선물 대신 가까운 음식점에서 식사 자리를 갖기 시작한 첫날, 내가 미안한 마음을 보이자 부모님은 괜찮다고 말했다. 매년 오는 생일마다 선물 챙기는 건 당연히 힘든 일이라며 이제 필요한 물건도 없으니 마음 쓰지 말라고 하셨다. 이후로 가족의 기념일은 특별한 날이 아니라 평소 일상과 다를 바 없는 날이라고 스스로 되뇌기 시작했다.

재작년엔 엄마 생일이 평일이라 주말에 밥을 먹기로 했었다. 고깃집에서 간단히 먹고 있을 테니 천천히 오라는 연락을 받았지만 일이 늦어져 애초 정했던 약속 시간의 두 배가 넘어서야 겨우 도착했다. 차갑게 식은 갈비판 위의 아직 촛불도 켜지 않은 생크림 케이크가 먼저 눈에 들어왔다. 늦어서 미안하다는 말을 연신 뱉는 모습에 엄마는 괜찮다며 미리 구워둔 갈비가 한가득 담긴 접시를 내 앞으로 내밀었다. 허겁지겁 먹느라 몇 마디 나누지도 못했지만 그마저 영업시간이 끝났다는 주인의 말에 케이크에 불도 밝히지 못하고 도로 박스에 넣어야 했다. 그렇게 매년 생일 초는 하나씩 늘어갔고 엄마의 이마 주름도 깊어졌다. 처음에 느꼈던 미안함은 시간이 흐르며 무뎌졌고 생일날에 맞춰 식사 자리를 갖는 것조차 어렵고 힘든 일이 되었다. 나는 여전히 바빴고 또 바빴다.

젊었을 때는 바쁜 게 좋은 거라고 할머니가 그랬잖아. 근데 나는 가족하고 밥 먹을 시간도 없이 바쁜데 이게 좋은 건지 모르겠어. 요즘에 집에 가면 쓰러져 잠들고 새벽에 씻고 다시 출근하는 경우가 많아서 엄마랑 대화한 게 언젠지... 할머니가 맨날 얘기하잖아. 엄마에게 잘하라고. 잘해야 된다고. 근데 그 말 나는 못 지키고 있는 것 같아. 내일도 일찍 가서 준비해야 돼. 오전에 단체 예약이 많아서 미리 확인할 사항이 많거든. 아직 계약 기간이 끝나려면 세 달이나 남았는데 그동안 엄마랑 한 번이나 얘기할 수 있을지 모르겠어.

풍선과 바늘

지친 몸을 이끌고 집에 도착하면 열한 시가 될 밤이었다. 별안간 걸려온 전화 속 목소리는 잔뜩 신이 나 있었다.

"어디야? 닭똥집 먹고 싶다."

요새 엄마가 맛들인 통닭집은 큰 대로변과 아파트를 지나 십 분 정도 걸어가야 하는 작은 골목에 위치해 있었다. 역에서 내려 빠르게 걸어도 십 분은 가야 한다는 생각에 갑자기 피곤함이 더 크게 몰려왔다.

"그 먼 거리를 언제 가? 하루 종일 일하다가 지금 들어가는 거야. 너무 피곤해서 못 가."

　살짝 짜증이 섞인 목소리에 엄마는 당황했는지 머쓱해하며 전화를 끊었다. 그렇게 끊긴 통화의 여운이 차가운 공기 속에서 계속 맴돌았다. 그날은 아침부터 일이 많아 늦게 들어올 거라고 이미 알려준 날이었다. 하루 종일 일하느라 지친 딸의 기분을 조금이라도 전환시켜 주려고 일부러 꺼낸 이야기라는 걸 마음으론 알면서 입에선 날 선 말이 나갔다. 이상하게 엄마가 전화를 걸면 반쯤 삐딱한 마음이 생긴다.

　집 밖에선 웬만한 일은 꾹꾹 참는 편이다. 어떤 말을 들어도 일단 맞받아치지 않고 웃으며 원만히 해결하려 한다. 서비스직에 종사하다 보면 감정적으로 부딪히면 안 되는 일이 많기에 마음속에 차곡차곡 쌓아두기만 한다. 그러다 보니 마음속 풍선은 퇴근할 때쯤엔 부풀대로 부풀어 거대해져 있는 경우가 많다. 조금이라도 해소되지 않으면 응어리로 굳어져 버릴 마음이 집약된 풍선이었다. 이 풍선에 항상 바늘을 갖다 대는 건 바로 엄마였다. 조심스레 찔러보았을 때 어떤 반응이 나올지 알면서도 끊임없이 건드렸다. 밥은 먹었는지, 무얼 먹었는지, 오는 동안 춥진 않았는지 등의 소소한 질문들로. 매일같이 일어나는 일을 물어보는 게 귀찮게 느껴져서 그때마다 나는 "응"이라고만 단답형으로 대꾸했다.

전화를 끊기 직전 엄마의 목소리가 많이 가라앉아 있었던 것이 아무래도 마음에 걸린다. 급하게 휴대폰을 찾아 단축번호를 눌렀지만 연결음만 들릴 뿐 연결이 되지 않았다. 두세 번 더 시도해 보아도 소용이 없어 주머니에 던지듯 휴대폰을 넣는 순간, 뒤에서 "왁!" 하는 소리가 났다. 엄마였다. 집으로 돌아오는 길목에서 미리 기다리고 있었던 것이다. 가슴이 찌릿했다. 아까 무안을 주었던 것이 돌연 생각나며 갑자기 얼굴이 새빨개졌다.

우리는 집 앞에 새로 생긴 포차에 가서 막창볶음을 시켰다. 차가운 스테인리스 컵에 물을 따라주며 뭐 하러 나와 있었냐고 물었다. 냅킨에 싼 수저를 앞에 놓아주던 엄마는 멋쩍게 웃으며 그냥 산책할 겸 나왔다고 했다. 얇은 숏 패딩에 발목이 보이는 기모 레깅스를 입고 목도리를 칭칭 두른 엄마의 모습은 급하게 나온 사람처럼 정신없는 모습이었다. 음식을 먹는 내내 엄마는 내 이야기를 가만히 들어주기만

했다. 입은 웃고 있었지만 울음을 참는 것처럼 깜박이지 않는 눈을 하고서. 무슨 일이 있냐고 물어봐도 별일 없다고만 얘기하는 엄마는 분명 이상했지만 본인이 아니라고 하니 그러려니 하고 넘겼다.

지금 와서 돌이켜보면 이것 또한 신호였던 것 같다. 엄마의 풍선은 나로 인해 훨씬 더 크게 부풀고 있었지만 나는 또 놓치고 있었다.

할머니 나 친구들한테나 밖에서는 안 그러거든? 근데 엄마한테만은 큰

소리를 내게 된다? '알았다고', '아, 알았어' 같은 귀찮음이 잔뜩 묻은 그런

말들도 자주 하고 말야. 그냥 좋게 전화 받으면 될걸. '아, 왜?' 같은 말

이 먼저 나오는 건 왜일까. 할머니랑 같이 있을 때 내가 전화 통화를 하

다 끊는 걸 보더니 엄마냐고 물은 적 있었잖아. 단지 통화하는 말투만 보고

도 엄마랑 통화한 걸 할머니가 알 정도였다면 내가 평소에도 습관처럼 그

러고 있었다는 건데.... 나, 왜 그럴까?

서서히 변하기 시작한 행동

1. 귀찮아한다.

'귀찮다'는 말을 입에 달고 산다. 자신이 의도하지 않은 일이라면 더더욱 무엇이든 하지 않으려고 한다.

2. 계속해서 덥다고 한다.

실제로 덥지 않은 날이었는데 움직일 때마다 더위를 느낀다며 찬바람이 부는 계절에 집에서 민소매와 짧은 바지를 입고 생활한다.

3. 평소 생활습관에서 벗어난 행동을 한다.

나이가 들수록 살이 붙는다며 운동을 일주일에 여섯 번 하고 밀가루 음식과 분식류, 패스트푸드 등은 먹지 않으며 이십년 동안 식단 조절을 철저하게 해 왔는데, 요즘엔 아무리 먹어도 배가 고프다며 다양한 음식을 먹기 시작했다.

4. 갑자기 짜증 수치가 90에 도달할 때가 있다.

점심에 가져갈 요량으로 냄비에 불을 올리고 닭가슴살을

물에 담가두었다. 잠시 화장을 하러 방으로 들어가자마자 나는 다시 거실로 나올 수밖에 없었다. 계란도 삶으려고 꺼낸 냄비가 가스레인지에 올리는 과정에서 살짝 엎어지려고 하는 순간, 엄마는 '냄비가 왜 이렇게 작냐'부터 시작해 '뜨거운 물은 왜 올려서 아침에 둘이 겹치게 하냐'는 등 짜증 게이지가 0에서 90까지 순간적으로 높아지는 걸 보았다. 이후 계란을 물에 담가둔 채 문이 부서져라 닫고 계단을 내려가는 엄마를 보며 처음으로 갱년기에 대해 검색해 보았다.

5. 집에 가만히 있다가 난데없이 가구의 위치를 바꾸거나 모든 물건을 꺼내 정리하기 시작한다.

남들은 평화로울 일요일 점심. 엄마는 갑자기 옷장에 있는 겨울옷과 여름옷을 모두 꺼내 한 데 쌓아두고 정리하기 시작했다. 양이 너무 방대해 도와주지 않으면 안 될 정도였다. 그날 저녁엔 책장 위에 쌓인 물건들이 지저분해서 짜증 난다며 모든 물건을 꺼내 정리하기 시작했다. 온종일 시시때때로 변하는 행동에 퇴근 후 집에 가면 다양한 변화를 볼 수 있었다.

6. '어디어디가 아픈 것 같다. 늙은 것 같다'는 말을 자주 한다.

실제 아픈 것보다는 자신이 대충 짐작해서 얘기하는 경우가 많았다. 주로 '허리가 이상한데? 저번에 수술한 곳이 잘못된 것 같지? 이거 큰 병인가?' 같은 이야기다. (인터넷에 검색해보곤 심각해지기도 한다.) 늙은 것 같다는 말은 주로 흰머리를 골라내다 거울에 우연히 비친 미간의 주름을 보고 깜짝 놀라며 이야기하곤 했다.

7. '재미없어. 지겨워'라는 말을 자주 쓴다.

'어유, 지겨워'라는 말이 평소 추임새처럼 사용되곤 했다. 도대체 어떤 의미인지 모르지만 기본 심경을 내비치는 것일까 하고 추측해 보았다.

8. 기초 화장품을 끊임없이 주문한다.

분명히 보관 상자에 아직 사용하지 않고 쌓아둔 화장품이 가득한 것을 보았지만 엄마는 아랑곳하지 않고 휴대폰 검색창에 세럼, 잡티 제거, 주름 개선, 비타민 마스크 등을 검색했다. 어쩌다 동생과 내가 쓰는 새로운 기초 화장품을 발견하면 브랜드가 어디인지, 효과는 좋은지 물어보기 시작했다.

9. 폐경 후, 나타날 수 있는 증상에 대해 매일 검색한다.

아침마다 체중계를 꺼내는 소리가 들린다. 전날 음식을 조절했음에도 어제와 숫자가 같다면 그때부터 하루의 걱정이 시작된다. 각종 인터넷 기사와 유튜브를 찾아보며 '누구는 폐경 이후 살이 급격히 붙어났다더라', '뼈가 약해진다는데 지금 하는 운동을 조금 줄여야 하나?', '앞으로 이 많은 질병들을 어떻게 하지?'와 같이 꼬리에 꼬리를 무는 걱정을 끊어내지 못한다.

10. 까마득한 옛날 일을 회상하며 화를 낸다.

나는 기억도 나지 않는 과거의 일을 마치 어제처럼 생생하게 떠올리는 엄마. 당시에 서로 잘 풀었다고 생각했는데 시간이 지나 다시 감정이 북받쳐 오르는지, 갑자기 입을 꾹 다물고 소파로 걸어가서 아무말도 하지 않고 휴대폰을 만지작 거린다.

주변 딸내미 아들내미의 이야기

아침에 출근하자마자 같이 일하는 친구들에게 물어보았다. 너희 어머니도 갱년기가 왔었어?

* 당연히 왔었지. 나는 막둥이라 더 빨리 겪었어. 예전보다 조금 나아진 정도인데 괜찮아지기까지 몇 년 정도 걸린 것 같아. 한 오 년 정도 된 것 같은데?

* 우리 어머니는 평소 운동을 열심히 하는 편이라 그 나이대에 흔치 않은 근육질 몸매를 갖고 계신 분이거든? 근데 갱년기가 오면서 그동안 조금씩 무리되었던 것들이 한 번에 통증으로 오더라고. 무릎 연골이 다 나가서 한동안 병원에 치료를 받으러 다니셨어. 그리고 내가 일하느라 타지에 나와 생활하다 보니, 혼자 계시는 시간이 많아 우울증이 심하게 오셨더라고. 물론 가족이 알게 된 건 한참 후였고.

* 나는 어머니가 갑자기 치밀어 오르는 화를 어쩌지 못

하는 모습을 보며 고민을 많이 했었거든. 후에 시도해 보았던 건 내가 평소에 가는 곳들에 함께 가서 새로운 경험을 해보시도록 하는 거였어. 예를 들어 방탈출 카페라든지 SNS에 올라오는 힙한 펍 같은 곳들 말이야. 처음엔 뭐 이런 곳을 데려오냐고 하시는데 다녀오면 주변에 자랑하기도 하고 다른 곳들을 먼저 찾아보고 계시는 모습을 보니 기분 전환에 효과가 있는 것 같다고 생각했어.

* 우리 가족은 어머니가 아니라, 아버지에게 왔었어. 안 그러시던 분이 조그만 일에도 감정적으로 변하시는 걸 보곤 온가족이 놀랐었지.

* 우리 어머니는 갱년기가 없었던 것 같아. 일하시느라 바쁘셔서 그랬는지 내색이나 낌새조차 보이지 않아서 나는 전혀 못 느꼈어. 근데 체력이 점점 약해지시는 것 같긴 해.

* 엄마의 갱년기는 자식들이 챙겨야 한다는 말을 얼핏 들은 적이 있는데, 실제로 우리 부모님께 갱년기가 왔을 때 그 말에 정말 깊게 공감했어.

3. 지나온 시간

아현동 사남매

우리 엄마는 사남매 중 맏이였다. 전쟁을 겪고 십칠 년밖에 지나지 않은 때라 무엇이든 아끼고 또 아끼며 모두가 힘겹게 살아냈던 시기였다. 할아버지는 네 명의 자식을 키우기 위해 사우디아라비아로 일하러 가셨고 할머니는 일정 기간 보호가 필요한 아이들을 맡아 키우며 가장 노릇을 하셨다.

한 시간에 한 번씩 기차 소리가 들려오는 아현동 굴다리 옆 작은 집엔 매일 아침 노란 양은 도시락 네 개를 쌓아두고 아침을 준비하는 할머니와 동생들의 등교 준비를 도와

옷을 입히던 우리 엄마가 계셨다. 둘째 동생은 스스로 잘하는 편이었지만 둔감한 면이 있어 잊어버린 것은 없는지 항상 가방을 챙겨줘야 했고, 아침부터 이리저리 뛰어다니는 말괄량이 셋째에겐 어서 씻고 오라고 좋은 말로 타이르며 화장실로 보내야 했다. 그중 막내는 첫째와도 나이 차이가 많이 나고 제일 어렸기에 집을 나설 때까지 눈을 뗄 수가 없었다. '첫째야', '누나', '언니'라는 호칭이 매일 아침 작은 단칸방을 울렸다. 자신보다는 동생들을 우선시해야 했고 할머니는 그런 맏이의 배려를 대견스럽게 여기면서도 표현에 서툰 성격 탓에 칭찬하기보단 더욱 엄하게 대했다.

첫째가 잘돼야 동생들이 잘된다는 신조에 따라 할머니는 매일 밤 동생들을 재우고 나면 작은 책상을 펴놓고 엄마를 앉혀 공부를 시키곤 했다. 졸음으로 내려앉은 눈꺼풀을 낮게 껌벅이며 책상에 앉은 첫째는 한참 늦은 취침과 이른 아침을 맞이해야 했다. 놀고 싶은 것, 먹고 싶은 것이 있어도 동생들에게 항상 양보해야 했고 하고 싶은 것이 생겨도 그들을 먼저 챙겨야 했던 엄마는 자신을 챙기는 일보다 남을 돌보는 일에 더 익숙해졌다. 큰딸과 언니의 역할로 이십오 년을 살았을 무렵 엄마는 일을 시작하고 싶었다.

집에서의 자신의 위치에서 벗어나고 싶은 마음이 조금씩 생겨났다. 일을 시작하며 조금은 홀가분하게 자기 자신에 대해 들여다볼 수 있는 여유가 생겼을 즈음 엄마는 결혼을 했다.

이 시절 엄마 얘기를 하면 할머니는 맨날 "내가 선영이에게 많이 미안하지"라는 말을 했잖아. 사실 누구의 잘못도 아닌데. 그 시절엔 다들 그렇게 살았을 텐데 미안하다는 말이 맞는 건지 지금의 나는 모르겠어. 할머니도, 엄마도, 가족들도 모두 열심히 살았던 거잖아. 그래서 나는 앞으로 할머니가 '미안하다'보다는 '고마워'라는 말을 더 많이 쓰면 좋겠어. 그때의 모든 상황을 알 순 없지만, 그냥 '고맙다'고 말하는 게 더 마음이 따뜻해져서 그래.

결혼과 아이들

　같은 동네에서 나고 자랐지만 서로의 존재는 모르고 있었던 엄마와 아빠는 성인이 되어서야 한 중매쟁이를 통해 만나게 되었다. 몇 개월의 풋풋한 연애 끝에 결혼을 했다. 두 분 다 스물일곱 살이었다. 아빠는 삼형제 중 둘째였고 아현동에서 가구점을 운영하는 할아버지 밑에서 일을 배우고 있었다. 엄마도 결혼 후에 가구점 일을 도우면서 아현동은 어린 시절과 의미가 달라져 갔다.

　다들 얼핏 보아도 만만치 않은 성격이라고 말할 만큼 엄마는 독했다. 무엇이든 포기하는 법이 없었고 눈치가 빨라 가구점 직원들에게 항상 싹싹했다. 호쾌했지만 주변 사람들과 끊임없이 잔을 부딪치며 취하던 아빠의 버릇을 고치려고 다양한 방법을 쓰던 모습도 주변 사람들에게 특이하게 여겨졌다. 서울에서 버스를 대여해서 조상님들이 계신 전라북도 남원으로 다같이 벌초를 하러 가자는 큰 어른들의 말씀에 엄마가 모두 다 움직일 필요가 있냐며 애들은 두고 어른들만 가자고 얘기한 사건이 기억이 난다. 관습처럼 내려온 일에 대해 틀린 건 틀렸다고 대놓고 말하는 태도는 친할아버지가 엄마를 굉장히 좋아하게 된 이유 중 하나였다.

몇 달이 흐르고 처음으로 아이가 생기자 아빠는 아이 이름을 짓기 위해 삼일 밤낮으로 교보문고에 드나들며 공부를 했다. 아빠는 아이가 태어난다는 사실만으로 기뻐했지만 엄마는 실감이 나질 않았다고 한다. 그렇게 태어난 아이는 젊은 부부에게 행복이자 불안감을 가져다주었다. 정확히 말하자면 아빠에겐 행복이었고 엄마에겐 행복과 불안이었다.

두 분은 아이를 키울 때 추구하는 교육 방식이 달랐다.

아빠는 아이가 뛰어놀며 자유롭게 자라길 원했다면, 엄마는 내 아이가 다른 아이들보다 모든 면에서 월등히 뛰어나기를 바랐다. 이러한 교육 철학이 적절히 조화됐더라면 좋았으련만 엄마의 의견이 우세했다. 그 덕에 둘째 동생이 태어나기도 전부터 나는 냉장고에 붙여둔 7급 한자표를 달달 외우고 있었다. 꼬부랑 그림 같은 글자들의 뜻과 발음을 말해야 하는 시험을 아침저녁으로 치렀다. 조금이라도 틀리면 어김없이 삼십 센티미터의 플라스틱 자가 책상 위로 올라왔다. 항상 마지막 부분이 생각나지 않던 구구단도 초등학교에 입학하기 훨씬 전부터 울면서 외웠다. 지금도 기억나는 어린 시절 부모님의 안방 책장에는 『내 아이 잘 키우는 법』, 『리더로 만드는 학습방법』, 『독후감 쓰는 방법과 아이의 질문들』 같은 교육 관련 책이 배곡했다.

초등학교 시절 각종 경시대회가 있는 날이면 엄마는 커다란 하드보드지를 사오게 한 다음, 내가 쓴 독후감들을 인쇄하고 붙여서 신문을 완성하게 했다. 핑킹가위로 자르게 하고 딱풀이 책상에 많이 붙어서 종이가 찢어져도 계속 만들게 했다. 그 덕분에 대회가 있는 아침이면 전날 만들어둔 내 키만 한 하드보드지 과제를 옆구리에 끼어서 얼굴이

가려진 채로 등교를 했다.

어린 시절 할머니의 영향도 있었겠지만 그보다 엄마 스스로도 교육 욕심이 많았다. 항상 다른 아이들과 비교했고 학원 등의 정보에 민감해하며, 교육에 공들인 만큼 성과가 나지 않으면 극심한 스트레스를 받았다. 중학교 시절엔 고등학교 진학을 위한 공부방을 다니게 했다. 고등학교 땐 대학 입시를 위해 등교하기 전에 과외를 받게 했고, 학교에서 자습을 마친 저녁엔 학원에 다니도록 했다. 정작 나는 하고 싶은 것이 따로 있어서 한눈을 팔고 있었지만. 미대 진학을 결심하고 이야기를 꺼낸 날 엄마는 길길이 뛰며 반대했다. 자신이 쌓아온 모든 노력이 수포로 돌아가는 것과 같다고 말했다. 하지만 정작 공부하는 본인의 고집을 꺾을 순 없어서 결국엔 자습시간을 줄이고 미술학원에 보내줬다. 대학 합격 문자를 받았던 날, 엄마는 장장 십구 년 동안 이어온 자신의 모든 욕심에서 서서히 뒤돌아서기 시작했다.

복닥거리며 이십오 년을 넘게 같이 살아온 가족을 벗어나 변화된 삶에서 그녀는 또다시 자식에게 모든 것을 쏟아붓는 삶을 살았다. 호칭이 맏이에서 누구의 엄마로 바뀐 삶을 살며 자식과 자신을 동일시했다. 자식의 기쁨은 자신의 기쁨이었고, 슬픔과 걱정 또한 자식들로 인한 것이었다. 누나, 언니, 아내, 엄마가 아닌 '강선영'이라는 한 개인으로서 아파해 본 적이 언제였는지 또 그 감정을 잊고 산 지가 얼마나 오래되었는지 나는 짐작조차 할 수 없다. 자신으로 존재하지만 남을 위해 살아온 시간이 대부분이었던 엄마에게 누가 왜 그렇게까지 했냐고 물어볼 수 있는 걸까?

엄마가 숙제를 안 해놨다고 회초리를 들 때, 할머니가 애를 그렇게 쥐 잡듯이 잡으니까 스트레스 받아서 키가 안 크는 거라고 그랬잖아. 애를 너무 힘들게 한다고. 그 당시에는 정말 스트레스를 많이 받아서 키가 안 크나 했는데, 우리 친가 쪽을 보면 그냥 유전인 것 같아. 그러니까 아직도 그때 일 때문에 키가 안 컸던 거라고 엄마한테 너무 뭐라고 하지 마, 할머니.

가끔 할머니가 해준 아빠랑 친할아버지랑 처음 만났을 때의 그 이야기,

참 재밌었는데. 할머니랑 엄마 그리고 친할아버지는 도착해서 커피숍에

앉아 있는데 아빠가 늦게 왔다고 했나? 잘생겼지만 장난기 많은 얼굴에

할머니가 "아드님이 참 개구쟁이 보이네요" 하고 운을 뗐다지? 그걸 처음

만난 자리에서 말한 할머니 참 대단해. 얘기를 들은 친할아버지도 막

웃으시면서 분위기가 화기애애해졌다는 것도 정말 재밌었지. 얘기로만 들어

도 그때 상황이 상상돼서 너무 웃었어. 아빠는 지금도 여전히 소년 같잖

아. (할머니 근데 그거 알아? 그때 아빠는 엄마를 처음 보고 딱 마음에

들었는데, 엄마는 별로였대. 아빠가 너무 까불어서.)

유일한 취미

가족을 위해 헌신적으로 살아온 엄마가 유일하게 옛날부터 쉬지 않고 해오는 것이 있다면 바로 운동이다. 물론 다른 여러 가지도 배우려고 시도는 했었다. 첼로, 서예, 도예 등 손으로 하는 것들을 곧잘 배우고 익혔지만 가만히 앉아있는 것에서는 금방 흥미를 잃었다.

첫아이를 낳고 집에서 육아와 집안일만 하자니 도저히 빠질 기미가 보이지 않는 살을 보고 엄마는 큰 결심을 하게 된다.

"나 이제부터 운동할 거야. 아침에 에어로빅 다녀오는 동안 당신이 애 좀 봐."

선전포고하듯 아빠에게 말하고 엄마는 가로등이 아직 켜져 있는 새벽에 텅 빈 충정로 육교를 지나 가파른 언덕을 올라야 도착할 수 있는 에어로빅 학원에 다녔다. 대회에 나가는 체육인의 에어로빅이 아니라 당시 유행하는 가요에 맞춰 단장님의 기합에 따라 춤을 추는 동네 에어로빅이었다.

먼저 자리를 잡고 있던 팀원들의 의상을 보며 엄마는 지금껏 가져본 적 없는 다양하고 화려한 디자인의 운동복에 매료되었다. 빨강, 검정, 형광 노랑 등 다채로운 색깔부터 움직일 때마다 빛나는 비늘모양의 반짝이는 스팽글, 벨벳, 스웨이드와 같은 다양한 소재부터 화려한 드레스와 같은 홀터넥 원피스까지 지금껏 본 적이 없는 신세계였다. 그 후로 엄마는 가끔 주말이면 운동복을 사러 아빠와 함께 동대문시장, 남대문시장에까지 가곤 했다. (그 덕에 옷장엔 지금도 운동복이 넘쳐난다.)

예쁘게 산 운동복들이 더 빛날 수 있도록 엄마는 안무를 열심히 익혔다. 늦게 시작했기에 진도가 한참 뒤쳐져 있었지만 뭐든 완벽해야 한다는 성격에 따라 안방에서 노래를 틀고 안무를 연습하며 달달 외워서 갔다.

몇 십 년이 흐른 지금, 그때 운동했던 학원은 없어졌지만 팀원들과는 이십 년이 넘도록 계를 하며 인연을 이어오고 있다. '아현동 에어로빅 모임'으로 불리는 이 팀에서 엄마는 여전히 막내를 맡고 있다.

이후 주변에 생긴 스포츠 센터를 다니며 꾸준히 에어로빅으로 몸을 다져온 엄마는 올해로 운동을 시작한 지 이십 팔 년이 되어간다. 이렇게 처음엔 다이어트를 목적으로 시작한 운동을 통해 '누구의 엄마'로서가 아니라 선영이라는 한 개인으로서 새로운 사회의 구성원으로 입문하게 됐다. 엄마에겐 좋은 안식처였다. 큰 용기를 내어 낯선 공간에 발을 내디딘 것은 자신을 잊지 않기 위한 하나의 방법이 아니었을까 하는 생각이 든다.

4. 불꽃

도화선

젊음을 쏟아서 키워낸 아이들은 각자 일을 찾아 밖으로 나갔다. 아침 운동을 다녀와도 밥을 차려줘야 하거나, 숙제를 챙겨줘야 하는 자식들은 이제 없었다. 깨끗이 청소된 적막한 거실엔 고요한 시간만 흘러갔다. 일주일 중 유일하게 자식들이 집에 있는 주말엔 침대에 누워 잠만 자는 것을 보고도 엄마는 터치하지 않았다. 밖에서 매일같이 사람들과 부대끼다가 유일하게 쉬는 날이라는 걸 알고 있기 때문이다. 나는 일어나 불과 스무 걸음만 떼면 엄마의 얼굴을 볼 수 있었지만, 피곤한 몸이 우선이었기에 저녁 늦도록 방밖으로 나가지 않았다. 자연스럽게 대화는 줄어갔고 서로

마주치지 않는 날이 지속되었다.

　그날도 어김없이 전시장을 바쁘게 돌아다니고 있었다. 전시가 성황리에 진행되고 있어 쉬는 시간에도 다음 일정을 준비해야 했다. 사무실에 들어가려는 순간 휴대폰이 띠링 하고 울리더니 갑자기 여러 개의 문자가 온 알림 표시가 떴다. 업무 시간에는 연락 올 일이 많지 않아 궁금한 마음에 문자함을 누른 순간, 나는 뭘 잘못 본 줄 알고 눈을 다시 감았다 떴다. 발신자는 엄마였다.

　"너는 성년이 되어 돈 번다는 애가 부모님 집에 같이 살면서 매달 월세나 용돈이라도 내는 게 어떻겠냐고 하는 말에는 정색하고 화를 내더니, 집 문 앞에 네가 시킨 택배상자가 가득한 걸 보니 기가 막혀 말이 안 나온다. 집에 들어오지 말아라."

　그 일은 정확히 석 달 전에 있었다. 대학을 졸업하고 생활비를 벌기 시작한 지 얼마되지 않았던 터라 이것저것 돈 나갈 곳이 많던 때였다. 내 상황은 무시한 채 자신의 집에 살고 있는 만큼 합당한 돈을 내라는 명령에 가까운 이야기를 듣고 당시 굉장히 화를 냈었다. 돈을 벌기 시작하니 책임감과 더불어 중요성에 대해 이야기할 요량으로 하신 말씀이었을 텐데, 나는 당장 부담을 주려 한다며 대차게 정색을 했었다. 당시 급하게 자리를 파했지만 계속 마음에 걸려 언젠간 사과해야겠다는 생각을 하고 있었다. 그런데 그 일이 일어난 지 정확히 석 달 뒤, 평범한 어느 날 갑자기 정면으로 스트라이크를 맞아 버렸다. 엄마에겐 몇 달 전에 끝난 이야기가 아니라 진행형이었던 것이다. 잠시 뒤편으로 미뤄두었을 뿐 바로 어제 일처럼 생생하게 화를 낸 그 사건은 석 달 동안 곪고 있다가 결국 이날 터져버렸다.

나도 짜증을 참지 못하고 똑같이 한껏 화를 담아 메시지를 작성해서 보내버렸다. 눈물이 차오를 때쯤 머리를 띵하고 맞은 것처럼 내가 보낸 메시지가 눈에 들어왔다. 평생 안 볼 것처럼 서로를 할퀴고 그동안의 일들을 모두 집어 던진 흔적들을 보며 이게 다 무슨 소용인가 싶었지만 이미 때는 늦었다. 집에 돌아가는 길이 무서웠다. 뭐라고 얘기를 꺼내야 할지 떠오르지 않았다. 버스 정류장에 가만히 앉아 있다가 옆에서 신나게 광고하고 있는 아이스크림 케이크를 하나 샀다. 포장하는 동안 바로 옆 가게에서 엄마가 좋아하는 매운 떡볶이도 한가득 샀다. 왼손은 차갑고 오른손은 뜨끈한 김이 느껴져 기분이 이상했다.

'음식으로 자연스럽게 말을 걸면서 사과하면 되겠지?'

현관 비밀번호를 누르고 문을 열었다. 거실의 불은 다 꺼져있고 엄마는 방으로 들어가 문을 닫고 있었다. "다녀왔어"라고 모기 소리만 하게 말했지만 냉랭한 공기는 달라지지 않았다. 식탁으로 걸어가는 자국마다 발가락이 얼어붙는 느낌이었다. 조심스레 음식을 올려두고 하나하나 펼쳤다. 앞접시를 갖다 두고 젓가락을 책상에 놓았다. 케이크에 초를 꼽고 불을 붙이는 동안에도 어떤 말을 해야 할지 생각나지 않았다.

"엄마!"

대답조차 없다.

"엄마...."

또 한 번 불렀다.

"엄마, 나와 봐."

연이어 여섯 번 정도 불렀을 때 엄마가 벌게진 눈을 하고 째려보며 나왔다. 그 눈을 마주치자마자 갑자기 울음이 터져 말없이 서로 끅끅대며 울었다. 엄마가 눈물을 뚝뚝 흘리며 얘기했다.

"서운했던 일은 맞는데 이렇게 크게 터져버릴지 몰랐어. 네게 좋게 이야기할 수도 있었는데 그 순간 화가 나기 시작하니까 걷잡을 수 없이 터져버리더라. 그런 내 자신이 제어가 안 되는 게 너무 힘들어. 갱년기라 그런가 봐."

부모와 자식 관계 속에서 단지 엄마라는 이유로 말하고 싶어도 밀어 넣고 마음 한편에 쌓아둔 말들이 얼마나 많았을까. 더는 밀어 넣을 공간조차 남지 않은 지경이 되어 일부분의 이야기를 가시 돋은 듯 뱉어낼 수밖에 없도록 만든 내 행동이 부끄러웠다. 갱년기라서 그렇다는 말을 엄마가 쉽게 내뱉는다고 생각했다. 뭐만 하면 '갱년기라 그렇다'고 말을 하니 이젠 핑계거리라는 생각이 들었었다. 하지만 지금에 와서 생각해 보니, 내가 유야무야 넘겨버리곤 했던 엄마의 말들이 일종의 신호였겠다 싶다. 차가운 아이스크림 위에 빨간 촛농이 떨어지기 시작한 케이크와 엄마를 번갈아보며 얘기했다.

"엄마, 솔직하게 얘기해 줘서 고마워. 갱년기 축하해."

비로소 엄마가 갱년기라는 걸 정식으로 인정한 날이었다. 앞으로는 속에 쌓아두지 말고 이렇게 다 얘기해 달라며 봇물 터지듯 눈물을 쏟아냈다. 갱년기가 인생 여정 중 누구나 겪는 과정으로 만들어진 이유를 어렴풋이 알 것도 같았다. 부모와 자식은 나이를 먹을수록 서로 맞춰가는 것이 당연하지만 실제로 노력하는 부분에서는 많은 시행착오를 겪는다. 오랜 시간 쌓아온 것들이 속에서 곪기 전에 서로 터뜨려 연고를 발라주는 것이 몇 남지 않은 유일한 방법이 되지 않을까 하는 생각이 들었다.

할머니, 이 이야기는 엄마한테 들은 적 없지? 아마 할머니 걱정한다고

얘기 안 했을 거야. 어렸을 적부터 치고받고 싸웠던 일이 비단 이번 뿐만

은 아니었잖아. 그땐 어렸지만. 지금은 오히려 이렇게 터져버려서 다행이

라고 생각해. 서로에게 더 노력하게 되었고 솔직해졌거든. 그니까 할머

니, 걱정하지 마.

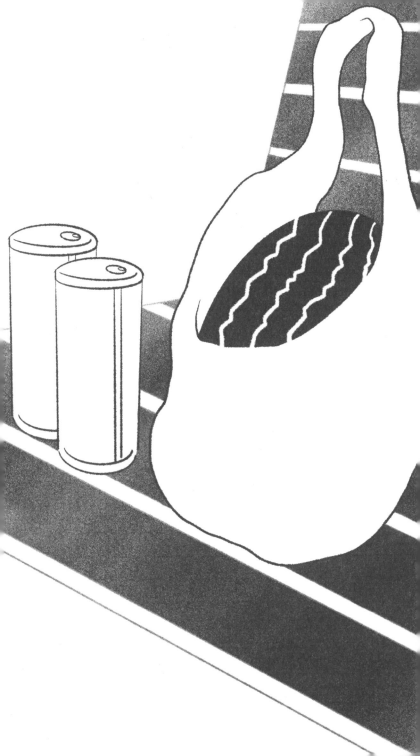

마음처럼

　눈물 콧물 속마음 모두 뽑아낸 그 사건 이후 엄마도 느꼈을지 모르지만 나는 조금 소심해졌다. 모든 행동과 말을 조심해야 될 것만 같은 부담이 생겨 평소보다 더 빠른 취침을 택했고 둘이 있는 시간엔 일과 정도의 짧은 대화만 나누었다. 그렇게 며칠이 지나고 책상 위에 영화 티켓 두 장이 올려져 있는 걸 발견했다. 출처는 분명하지 않았지만 아빠 아니면 동생이 올려두었을 것이라 추측했다. 곧바로 용기를 내어 전화를 걸었다.

　"엄마, 영화 보러 갈래?"

엄마는 짧게 알았다고 했고 미리 나가 있던 엄마는 여덟 시까지 역 앞으로 오기로 했다. 추위를 많이 타는 엄마를 위해 영화관에서 덮을 담요와 간단한 물을 챙겨 나왔다. 먼저 역에 도착해 건너편을 바라보고 있는데 전화가 왔다.

"수박이 너무 먹고 싶어서 일단 샀는데 영화관에 들고 갈 순 없으니 영화는 다른 날 보자."

갑자기 수박은 무엇이며 또 예매까지 해둔 영화를 아무 렇지도 않게 취소하자고 하니 용기를 내었던 마음이 깡그 리 버려진 것 같은 기분에 순간 짜증이 치밀었다.

"엄마는 약속을 그렇게 쉽게 취소해? 수박은 내일도 사 서 먹을 수 있는 거잖아. 영화 시간도 얼마 남지 않았는데 수박을 꼭 사야 했어?"

따발총처럼 숨도 쉬지 않고 소리를 높였다. "그냥 지금 먹고 싶어서 그랬지"라고 말끝을 흐리는 엄마의 목소리 너 머로 신호등이 바뀌는 소리가 들렸고 전화는 끊겼다. 분 이 삭혀지지 않아 가재미눈을 하고 서 있는데 저 멀리서 엄마의 모습이 보였다. 가방을 매면 스르르 미끄러지는 좁은 어깨에 끈으로 겨우 동여맨 큰 수박이 걸려 있었다. 자기 머리보다 큰 수박을 메고 계단을 올라오는 모습을 보는데 더욱 짜증이 나면서 눈물이 솟구쳤다. 성큼성큼 걸어가 바로 수박을 낚아챘다. 얼마나 튼실한 것을 골라왔는지 서른 걸음을 옮기면 잠시 내려놓고 쉬어야 할 정도였다. 결국엔 집으로 가는 길에 있는 텅 빈 공원 벤치에 나란히 앉아 가방에 있던 물을 꺼냈다.

"엄마는 어찌 그리 제멋대로야."

나이를 먹을수록 부모님에게 잔소리할 일들이 점점 늘어났다. 물을 한 모금 마시며 나의 핀잔을 듣고 있던 엄마가 씁쓸한 웃음을 지으며 얘기했다.

"요샌 결정하는 게 뭔지 모르겠어. 어려워."

의지대로 되지 않는 충동적인 행동에 대해 자신도 모르겠다며 당혹스러워하고 머쓱해하는 엄마를 보며 말을 멈췄다. 그녀가 자책하길 원하지 않았다. 호르몬은 생각만으로 바뀌는 게 아니었으니까.

집으로 돌아와 주방에 수박을 내려두고 두 팔 벌려 엄마를 품에 안았다. 엄마도 처음, 우리도 처음 겪는 거니까 차근차근 같이 걸어가자고 얘기했다. 예전엔 낯간지럽다고 말끝을 흐렸던 '사랑해'라는 말도 또박또박 자주 얘기하기로 했다. 엄마가 속에 담아 두었던 말을 조금씩 하게 되었다면 나는 평소 하지 못했던 정말 중요한 이 말들을 자주 하자고 다짐했다. "아이구" 하시며 내 등을 토닥여주곤 하셨던 엄마의 몸이 쉽게 안을 수 있을 정도로 옛날보다 작아진 느낌이 들었다.

맨날 엄마 체구 작다고 걱정할 때 나는 저 정도면 평균인 것 같다고 했었잖아. 할머니는 이런 얘기하면 그때 제대로 먹이지 못해 작은 거라고 한탄하실 때 대꾸하지는 않았지만 그 작은 체구에 힘이 얼마나 가득한지 알아? 어렸을 때 공부 안 한다고 회초리를 들 때면 그 말은 다 거짓말이라고 생각했어. 근데 요즘엔 정말 엄마 체구가 작아진 것 같긴 해. 엄마도 나이를 먹으니까 그런가 봐.

그리고 할머니, 식탁 위에 웬 영화표가 올려져 있었다고 했잖아. 그거 아빠였대! 어느 날 전화했는데 영화표 집에 있으니까 보러 가라고 하더라고. 그래서 그거 아빠였냐고 물었더니 "요즘 니 엄마 갱년기인 것 같다고 네가 그랬잖아. 아빠는 집에 있는 시간이 한정적이니까 둘이 보러 가라고 사뒀지." 이러는 거 있지?

5. 아빠는 엄마를

서로

주변 사람에게 갱년기에 대한 조언을 구할 때, 모두 한번씩 물어보는 질문이 있었다.

"아버지는 어떻게 하고 계셔?"

나는 의아했다.

"아빠?"

아빠는 옛날부터 엄마와 잘 놀았다. 잘 논다는 말이 이상하지만 정말 그랬다. 동갑이라 항상 서로의 이름을 부르

며 친구처럼 그리고 때론 앙숙처럼 지냈다. 별것도 아닌 일
로 항상 투닥거렸지만 저녁 시간이 다가오면 빨간 장바구
니를 어깨에 메고 같이 마트에 가곤 했다. 언젠가 그릇 하
나를 두고 장난을 넘어 언성을 높이며 다투길래 아빠에게
슬쩍 물어본 적이 있다.

"엄마를 일부러 놀리는 거야?"

"응. 니 엄마 반응이 재밌잖아."

아빠와 엄마는 서로에게 관심도 참 많았다. 특히 아빠는
엄마를 '연구 대상'이라고 칭하며 끊임없이 관찰한 이야기
를 했다. 엄마의 말이라면 사소한 것도 잊지 않았고, 해달
라는 것도 귀찮은 내색 없이 바로 실행에 옮겼다. 엄마랑
얘기를 하다보면 짜증이 있는 대로 치솟는 나와 달리 아빠
는 엄마의 말을 하나하나 다 들어주고 답변해 주었다. 엄마
와 한바탕 실랑이를 한 어느 날, 집으로 들어가는 길에 아
빠에게 전화해서 짜증 섞인 푸념을 했다.

"아빠, 엄마 갱년기인 것 같아. 이번엔 진짜야. 계속 덥다
고 하면서 온갖 이상한 짜증은 다 내고 있어. 집에 있으면

있는 대로, 밖에 있으면 문자나 전화로 나한테 계속 연락해. 나 진짜 어떻게 해야 되는 거야? 내가 뭘 더 어떻게 해야 되냐구?"

말을 다 마치자 피식 웃음소리가 들려왔다. 아빠가 말했다.

"야야, 니 엄마는 원래 성격 자체가 그래. 갱년기라는 틀에 넣지 말고 그냥 평생 그렇다고 생각해. 한 귀로 듣고 한 귀로 흘려. 아빠가 없어서 심심해서 그런 거야. 니 엄마는 평생 아빠가 보듬고 살 거니까 걱정하지 말고."

찬바람이 창문을 여러 번 두드리던 겨울밤, 안방에서 잠을 자고 있던 엄마의 작은 기침소리를 듣고 티브이를 보던 아빠가 벌떡 일어났다. 곧장 이마에 손을 얹고 체온을 잰 후 뚫어져라 엄마를 쳐다보다가 주방으로 발걸음을 옮겼다. 잘게 잘라둔 계피와 생강을 냉동실에서 꺼내 물과 함께 큰 주전자에 넣고 끓이기 시작했다.

"선영아, 이것 좀 마시고 자."

아빠는 항상 엄마를 이름으로 불렀다. "선영아! 선영아! 강선영." 가끔 친척이 많이 계신 곳에선 가끔 지현 엄마라고 부르기도 했지만 그 외엔 거의 이름으로 불렀다. 물건을 고칠 때도 엄마가 도저히 안 되겠다고 버리자 하면 하루 종일 붙잡고 고치다가 엄마를 부른다.

"선영아, 된다!!! 으하하."

부모님을 보고 있으면 부부가 아니라 계속 연애하고 있는 연인처럼 보인다. 앞에선 틱틱대다가도 막상 없으면 계속해서 그 사람을 기다리는 그런 연인. 누군가 아버지는 이 상황에 옆에서 어떻게 하고 계신지 묻는다면 조금은 움츠러든 채 말할 수 있을 것 같다.

"우리 아빠? 나보다 훨씬 잘하고 계셔."

할머니가 맨날 그러잖어. 정말 아빠 같은 사람 없다고. 난 나이가 들수록

아빠가 참 대단한 것 같아. 비록 아빠가 엄마의 요구를 다 들어주는 바람에

우리가 집에 있을 때 힘든 거라고 투덜대기도 하지만. 아빠는 그마저도 웃어

넘기더라고. 철학과 선생이 그랬던가? 서로 잡아먹을 듯이 싸우다가도 결국

등허리가 맞닿아 있는 형태라 잘 살 거라고. 그 말이 지금도 기억에 남아.

항상 투닥대니까, 내가 결국엔 지난주에 한 소리 했다니까?

둘이 평생 그렇게 싸우면서 즐겁게 살라고.

요리와 마음

아빠는 요리하는 것을 좋아한다. 친할아버지가 가구점 사업을 하시기 전 중국집을 비롯하여 다양한 음식점을 하셨다고 들었는데 그 때문인지 아빠는 요리를 자연스레 익혔다. 특히 가족을 위해 요리할 때면 더더욱 신나했는데 주말 점심과 저녁은 주로 아빠가 만들어준 음식을 먹었다. 아침에 운동하러 간 엄마는 점심시간이 다가오면 갑자기 문자를 보낸다.

"집에 가서 밥 먹을 건데 준비 좀 해 놔."

미리미리 안 하고 괜히 다급하게 얘기한다며 불평부터 쏟아내는 건 동생과 나다. 엄마는 자기 생각만 한다고. 아빠는 그게 어떻냐며 주섬주섬 옷을 입고 장바구니를 챙겨 벌써 현관에 가 있다. '음식은 정성이다'는 신조에 따라 된장찌개에 들어갈 두부도 모양과 크기를 맞추어 정사각형으로 가지런히 자르고 탕수육 소스에 들어가는 야채도 열을 맞춰 가지런히 썬다. 접시에 음식을 담고 깨를 뿌릴 때도 모양새가 흐트러지지 않도록 조심해서.

그래서인지 일 때문에 아빠가 없는 평일이면 엄마는 내색은 안 하지만 투정이나 의견을 받아줄 사람이 없어 굉장히 심심해한다. 주말이 되면 갱년기로 기분이 저하되어 있는 엄마를 보며 아빠가 다정하게 꺼내는 말이 있다.

"선영아! 뭐 먹을래?"

엄마가 아무리 음식을 먹어도 금새 배고프다고 하는 게 뱃속에 있을 때 잘

못 먹어서 그렇다고 지금도 미안하다는 할머니 말이 너무 마음 아팠어.

불과 몇 년 전까지만 해도 잘못된 습관으로 과식하고 체하기도 했는데, 요

즘엔 아빠랑 우리들이 해주는 건강한 음식들 먹고 많이 나아졌으니까 이젠

너무 염려하지 마요, 할머니!

떡볶이

엄마가 세상에서 제일 좋아하는 음식은 떡볶이다. 주말이면 어김없이 소파에 누워 떡볶이를 외쳐 대는 통에 재료를 항상 사다 두시는 아빠. 떡볶이의 재료는 무조건 간단해야 최고라고 얘기하는 아빠의 세상 간단하지만 정말 맛있는 떡볶이 요리법!

1. 멸치 육수를 준비한다. (아빠: 마트에서 산 육수팩 한 봉지를 사용하면 편하다. 팩 안에 다시마, 멸치, 건새우, 미역 등 국물 내는 데 필요한 재료가 모두 들어가 있다.)

2. 냉장고에 있는 떡볶이 재료들을 정갈하게 잘라 넣는다. (아빠: 다만 양파는 넣지 않는다. 아빠표 떡볶이의 재료는 어묵, 떡, 파, 라면사리뿐이다.)

3. 엄마는 떡을 좋아하니까 평소보다 조금 더 넣고 양념장을 부어 끓인다. (아빠: 양념장은 각자의 기호대로 만들되, 고추장을 너무 많이 넣지 않는다. 양념장은 숙성시켜서 나중에 쓸 것까지 넉넉하게 만들어 둔다.)

4. 냄비째로 들고 가서 깨를 솔솔 뿌리고 맛있게 먹는다.

* 혹시나 라면사리와 어묵을 좋아해서 너무 많이 넣
는 바람에 퉁퉁 불어버린 라볶이가 되었다면, 반을
다른 냄비에 덜어내고, 넉넉하게 만들어 둔 양념장과
물을 넣고 다시 끓인다. (엄마와 내가 항상 하는 실수!
이 대처의 핵심은 여분의 양념장이 있어야 한다는
것.)

고구마튀김

티브이를 보다 갑자기 주방으로 걸어가 팔뚝만 한 고구마 두 개를 꺼내는 아빠를 보았다. 곧바로 냄비에 기름을 붓고 튀김가루와 계란, 스테인리스 볼을 꺼내는 것을 보고 '스릴러물을 보다가 갑자기 튀김이라니?' 하는 생각이 들었다. 시계를 보니 다섯 시 삼십 분을 향해 가고 있었다. 그렇다. 체중조절 때문에 여섯 시 이후로 음식을 먹지 않는 엄마를 위한 간식을 만들려는 거였다. 세심한 아빠 같으니라고!

1. 고구마를 깨끗하게 씻는다. (아빠: 껍질에도 영양분이 많기 때문에 최대한 깨끗하게 씻어서 껍질까지 같이 먹을 것.)

2. 오목한 그릇에 튀김가루와 계란, 물을 적정량으로 섞어 묽은 것과 되직함의 중간 정도로 노란 튀김옷을 만든다.

3. 깨끗하게 씻어 물기를 뺀 고구마를 숭덩숭덩 썰어 튀김옷에 툭툭 던져 넣는다. (아빠: 고구마튀김과 삼겹살은 도톰해야 더 맛있다!)

4. 미리 달구어 둔 기름에 튀김옷을 입힌 고구마를 무심하게 빠뜨린다. 기다란 젓가락으로 이리저리 골고루 굴려주다가 마음에 드는 색깔이 나오면 꺼낸다. (아빠: 튀김도 예쁘게 담아야 된다. 음식의 마무리는 무조건 깨!)

* 튀김 소리가 들리면 엄마는 어느새 젓가락을 들고서 식탁으로 와서 앉아 있다. 튀긴 직후가 제일 맛있기 때문! 노릇한 색깔의 튀김을 예쁜 그릇에 재빨리 옮겨 담고 식탁으로 가져와 깨를 눈앞에서 솔솔 뿌려주면 완성.

(+) 새우튀김, 닭가슴살튀김

너무 많은 양을 사버린 새우와 닭죽을 만들고 남은 닭가슴살은 따로 빼서 깨끗하게 세척해 둔다. 고구마튀김의 자매품인 새우튀김과 닭가슴살튀김은 예상치 못했던 즐거움을 준다!

1. 닭가슴살은 얇게 자르지 말고 조금 도톰하게 자른다. 새우는 아주 뾰족한 수염만 가위로 잘라주고 표면 구석구석을 깨끗하게 씻는다. (아빠: 껍질을 벗겨 튀긴 새우튀김도 맛있지만, 껍질 채 튀겨 바삭한 새우튀김이 정말 최고.)

2. 먼저 닭가슴살에 밀가루를 묻히고 계란물에 풍당 담갔다가 끓는 기름에 넣어준다. (아빠: 닭가슴살은 미리 데쳐서 사용하면 편리하다. 기름에 튀기는 시간도 줄어드니, 1차와 2차로 두 번 튀기자! 새우는 튀기면 기름 색이 붉게 변하기 때문에 닭가슴살을 모두 튀기고 마지막으로 요리할 것!)

어묵탕

매주 일요일은 모든 가족이 쉬는 날이자, 엄마와 내가 목욕탕에 가는 날이다. 어렸을 때부터 주입된 신체 알람에 따라 일요일이면 세면도구와 목욕 바구니를 주섬주섬 챙기게 된다. 하지만 일주일에 단 한 번뿐인 휴일이라 나는 가끔 잠을 택할 때가 있는데 그럴 때면 엄마는 혼자 목욕탕으로 향한다. 아빠는 "심심할 텐데..."라고 혼잣말을 하고선 주섬주섬 나무젓가락을 찾는다. 엄마를 위한 위로의 요리!

1. 어묵과 나무젓가락, 무, 육수팩을 준비한다. (아빠: 어묵은 다양한 모양을 구입해도 좋지만 기본적인 사각 어묵과 얇지만 긴 원통형 어묵, 이 두 가지만 있어도 충분하다. 육수 준비 방법은 앞서 떡볶이 요리법에서 소개했다.)

2. 내부가 깊은 큰 냄비를 꺼내 무를 삼등분으로 썰어 통째로 넣고 물과 함께 육수팩도 넣어준다. (아빠: 이 냄비는 사용하면 설거지하고 나서 치울 때 귀찮다고 엄마

한테 잔소리를 들을 수 있지만, 어묵 꼬치의 손잡이 부분이 젖으면 안 되기 때문에 혼나더라도 일단 사용한다.)

3. 육수가 우러날 동안 사각 어묵을 세로가 길게 잘라 옆에 두고, 원통형 어묵도 준비하여 나무젓가락에 예쁘고 먹기 좋게 꽂는다. (아빠: 어묵을 꽂고 육수를 끓이는 시점에서 종지에 간장을 담아 숟가락과 함께 미리 준비해 둔다. 만들기 시작할 때부터 먹고 싶기 때문에 끓으면 바로 먹을 수 있도록 해야 한다.)

4. 육수가 끓으면 어묵 꼬치를 넣고 좀더 끓인다. 마지막으로, 매운 것을 좋아하는 엄마를 위해 청양고추 세 개를 송송 잘라 넣고 팔팔 끓여준다. 바로 식탁으로 옮기기! (아빠: 만일 어묵 국물이 남으면 다음 날 소면이나 우동면을 넣고 끓여 먹어도 좋다.)

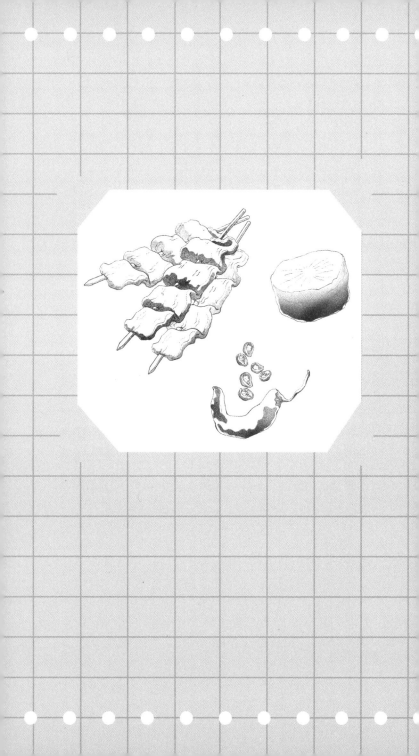

* 음식을 만들고 있다고 얘기하지 않아도 요리가 완성될 즈음이면 엄마는 집에 도착했다. 아빠가 타이밍을 잘 맞추는 건지 엄마가 먹을 복이 있는 건지 모르겠다. 아무튼 중요한 건 여름이든 겨울이든 계절에 상관없이 김이 모락모락 올라오는 어묵탕을 보면 다들 표정이 환해진다는 거!

김치찌개

엄마는 대용량 음식을 잘한다. 그래서인지 한 끼 식사에 네 명이 먹을 만큼의 양 조절은 못 하시는 편이다. 특히 된 장찌개, 김치찌개 등이 그랬다. 이후로 찌개류가 먹고 싶으면 거의 아빠에게 맡겼다. 국그릇에 정갈히 담겨있는 아빠 찌개를 한 숟갈 먹고 나서 "나는 왜 이 맛이 안 날까"라는 말을 자동적으로 내뱉게 되는 김치찌개 요리법.

I. 일단 돼지고기를 약간 도톰하지만 균일한 모양으로 썰어 '소금 약간, 후추 많이'를 지키며 달달 볶는다. (아빠: 돼지고기의 잡내를 없애려는 목적도 있지만 그냥 아빠 후추를 엄청 좋아한다. 음식 중 유일하게 후추가 많이 들어가는 음식이 바로 이 김치찌개인데 첫술을 떴을 땐 의아하지만 어느새 밥 한 공기가 비워져 있는 걸 볼 수 있다.)

2. 묵은지를 꺼내 큼직하게 썰어 고기가 담긴 냄비에 넣고 아주 살짝 볶다가 물을 붓는다. (나: 아빠와 나는 물건을 잘 못 찾는다. 냉장고 속 식재료도 마찬가지다.

다 똑같이 생긴 김치 통을 하나씩 다 열어보고 나서야 묵은지를 찾았음을 알게 된 엄마가 며칠 전 김치 통에 파란 매직으로 '묵은지'라고 큼직하게 써놓았다. 그럼에도 불구하고 아빠와 나는 여전히 깍두기 통을 꺼내곤 한다는 후문.)

3. 미리 잘라놓은 파를 넣고 후추를 조금 넣은 다음, 반으로 잘라둔 당면을 넣고 팔팔 끓인다. (아빠: 당면과 김치찌개는 잘 어울린다. 갈비탕에만 당면을 넣어 먹는 게 아니다. 하지만 너무 많이 넣으면 당면이 국물을 모두 흡수해 볶음요리가 될 수 있으므로 정말 소량만 넣을 것!)

4. 밥을 공기에 소복이 담고 그 옆에 뜨끈한 김치찌개를 이쁘게 퍼서 놓고 먹는다. (아빠: 국물이 있는 음식에 면이 들어갔다면 먹을 때마다 계속 면을 위로 올려줘야 천천히 먹어도 면이 붇지 않는다. 음식을 뒤적거리는 걸로 오해받을 수 있으니 미리 얘기하자.)

* '후추김치찌개'로 불려도 좋을 정도로 다른 음식보다 후추의 첨가량이 많은 음식이다. 생각보다 김치찌개와 후추의 조합이 잘 어울린다. 돼지기름이 많이 들어가서 느끼하거나 짠 김치찌개가 아니기에 개운하면서도 칼칼한 뒷맛이 매력적으로 다가온다. 엄마는 찌개에 면이나 그 외의 것이 들어가는 걸 안 좋아하지만 아빠와 나는 김치찌개에 당면이 안 들어가면 섭섭해한다.

닭볶음탕

주로 밖에서 밥을 해결하는 식구들이 푸짐한 것이 먹고 싶을 때면 입을 모아 아빠의 닭볶음탕에 대해 이야기한다. 아빠는 닭을 구입해 냉장고에 넣어 두었다가 우리가 스리슬쩍 말을 꺼내면 냉장고 서랍을 조용히 열어보곤 장바구니를 챙겨 나간다. 이번에도 깜빡하고 감자 사는 것을 잊어버렸다. 집에 재료가 도착하자마자 시작되는 푸짐하고 든든한 닭볶음탕 요리.

I. 닭볶음탕용 닭은 흐르는 물에 씻고 껍질은 반만 남겨두고 깨끗하게 제거한다. (아빠: 닭 껍질에 기름이 많다 하여 다 제거하면 맛이 안 나니 꼭 반만 제거할 것! 그러나 꼬리 쪽은 지방이 많으니 꼭 제거하기.)

2. 닭을 끓는 물에 넣어 한 번 삶아낸 물을 삼분의 일만 남기고 나머지는 버린 후, 새 물을 붓는다. (나: 엄마가 아빠의 닭볶음탕을 좋아하는 가장 큰 이유는 느끼하지 않다는 점이다. 물로 씻을 때 보지 못했던 불순물

과 기름을 정리하고 초벌로 익히는 과정.)

3. 이제 당근, 감자, 양파와 같은 야채와 양념장을 넣어 닭과 함께 끓인다. (나: 이제 와서 이야기하지만 아빠는 간을 볼 때 의외로 아리송해한다. 그래서 음식이 다 되어 갈 즈음 한 번씩 엄마에게 간을 봐달라고 하는데, 엄마가 막상 맛보아도 간은 이미 딱 알맞은 상태였다.)

4. 국물이 담길 크고 오목한 그릇에 닭볶음탕을 골고루 담고 깨를 솔솔 뿌려준다. (아빠: 뼈를 버릴 그릇과 덜어 먹을 앞접시, 밥그릇은 미리 준비해 두어야 한다. 아빠의 음식은 만든 직후 바로 먹는 것이 원칙!)

* 닭볶음탕은 푸짐함에 한 번 놀라고 포슬포슬하게
익은 감자와 부드러운 닭, 달콤하게 녹아내린 양파가
밴 국물을 떠먹었을 때 두 번째로 놀란다. 빠르게 젓
가락질을 하다 보면 앞접시를 1차로 비우게 되고, 흰
밥 위에 국물을 여러 번 끼얹은 다음 잘 익은 감자를
숟가락으로 살짝 으깨서 밥과 비벼 먹으면 2차로 그
릇을 비우게 된다. 아빠의 닭볶음탕을 먹고 나면 더없
이 행복하다.

김장김치

매년 가을, 어김없이 나오는 얘기가 있다. "선영아, 올해는 김장하지 마." 작년에 담근 김치가 두 통이나 남아 있어도 매년 김장을 하는 엄마를 보며 아빠가 하는 말이다. 엄마는 직접 김장을 안 하면 일 년의 마무리가 안 되는 것 같다며 아빠의 말을 새겨듣진 않았지만 담그는 김치의 양은 많이 줄였다. 그래도 큰 행사라 도와줄 사람이 필요한데 몇 년 전부터 바빠진 딸들을 대신해 아빠가 등판했다.

1. 김장 재료가 집에 도착하면 거의 모든 가족이 재료 손질에 여념이 없다. 갓, 쪽파, 무, 절임 배추 등등. 재료들은 대야에 물을 받아 깨끗이 씻고 절임 배추는 물기를 손으로 꼭 짜준다. (아빠: 허리가 무진장 아플 수 있으니 최대한 속전속결로 할 것!)

2. 재료들을 일정하게 썰고, 채칼로 썬다. 그 후 미니 수영장 같은 김장 비닐에 차곡차곡 쌓아둔다. 손질을 할 동안 찹쌀 풀을 준비한다. (아빠: 재료를 손질할 때 미리

찹쌀 풀을 쑤어 두지 않으면 나중에 깜빡하고 안 넣을 가능성이 있다. 꼭 같이 준비하자.)

3. 긴 팔 옷을 입고 목이 긴 고무장갑을 낀다. 간 맞추는 건 엄마가 전문이니 엄마에게 맡기면 된다. 입자가 큰 고춧가루, 고운 고춧가루, 마늘, 찹쌀 풀, 액젓, 새우젓, 고추씨 등 다양한 재료를 감각에 맞춰 넣는다. (아빠: 양념은 조금 넉넉하게 해야 모자라지 않게 김장을 끝낼 수 있다. 우리 집은 항상 양념이 살짝 남는 편이라 배추김치가 마무리되어갈 때 총각무를 사러 간다.)

4. 한데 버무려 놓은 김칫소의 숨이 죽으면 물기를 뺀 절임 배추를 하나씩 집어서 골고루 속을 채운다. 김치 통에 넣을 땐 보자기로 감싸듯 단정하게 포개어 차곡차곡 쌓아 김치 냉장고에 넣는다. (아빠: 모두가 그렇겠지만 김장할 때 만든 김칫소가 얼마나 맛있는지 모른다. 보쌈용 고기를 삶아 김칫소와 함께 하나둘 먹다보면 배가 아릴 수 있으니 주의해서 먹기!)

* 거실에 김장 비닐을 깔아두고 끙 소리를 내며 열심히 김칫소를 버무리는 아빠에게 말했다. "매년 엄마는 김장을 꼭 해야 되나. 재료 사서 손질하고 버무리고, 귀찮을 법도 한데. 아빠, 안 힘들어?" 그랬더니 아빠 왈, "우리 가족이 먹는 건데 뭐가 귀찮아. 그렇게 생각하는 게 더 이상하지. 예쁘게 담가서 식구들이 맛있게 먹는 걸 보면 좋지!"라고 하셨다. 엄마가 그 얘기를 듣더니 옆에서 거들었다. "네 아빠는 음식 하는 거 좋아해. 김장도 마찬가지고. 그리고 얼마나 기뚱차게 잘 버무리냐."

아빠는 항상 얘기했다. 영양제를 먹는 이유는 너희랑 조금 더 오래 있고 싶

어서라고. 오랫동안 같이 친구처럼 살기 위해서 먹는다고. 나이가 들었다고 부

모를 어려워하지 말고, 지금처럼 고민도 털어놓고 서로 술도 기울이면서 같이

살아가기 위해서 그렇다고 했다. "그러니까 너네 나이 먹는다고 엄마 아빠랑

안 놀아주지 말아라. 우리 재밌게 살자고!"

6. 발송

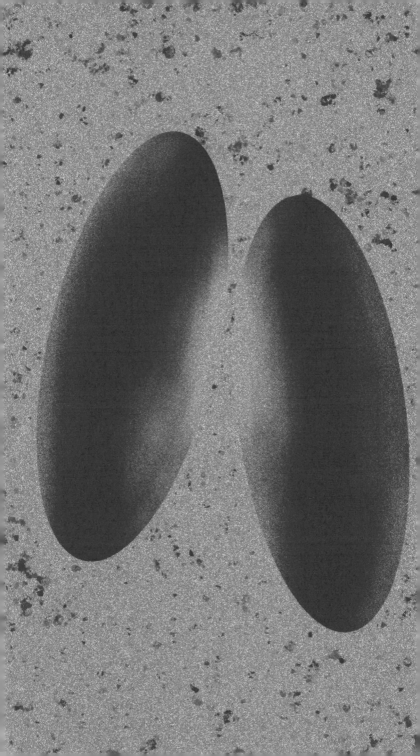

부재중

집에서 잠만 자고 나가는 큰딸에게 엄마는 하루에 아침과 저녁으로 두 번 문자를 보낸다. 밥은 먹었는지, 무얼 먹었는지, 퇴근하고 돌아오는 지하철에서 빈자리를 찾아 앉았는지 등. 문자 메시지 대부분이 가족이 아니라면 물어보지 않을 사소한 질문들이었다. 너무 사소해서 그 소중함을 몰랐던 걸까. 답장하는 걸 잊어버리기 일쑤였다. 전화 한 통, 문자 한 통 보내는 게 그리 어려운 일도 아니건만 항상 확인하면서도 놓쳤다. 이런 상황은 밖에서 일하는 동생에게도 자주 일어났다.

재작년 추석, 모든 가족이 우리 집에 모여 시간을 보내고 있었다. 회사 기숙사에서 생활하는 동생도 어렵게 시간을 빼 가족과 함께 명절을 보내는 귀한 날이었다. 명절 음식을 만들고 내오느라 정신없던 엄마는 어느 정도 뒷정리를 해둔 다음에야 피곤해진 몸을 이끌고 소파에 앉을 수 있었다. 아직도 많이 쌓여있는 명절 음식 사이로 투명하지만 고요한 술잔을 바라보던 엄마는 연거푸 두 잔을 들이켰다. 오분 정도 지났을까. 피곤해서인지 금방 취기가 오른 엄마가 동생을 향해 목소리를 높였다.

"너는 문자를 보내면 답도 없고. 전화를 해도 받지를 않니. 아무리 바빠도 '부재중'을 봤으면 다시 전화하는 게 예의 아냐?!?! 엄마가 얼마나 서운한지 알기나 해?"

그 얘기를 듣던 동생이 자신도 할 말이 있다는 듯 자세를 고쳐 앉았다.

"아니, 나 그 부분에 대해서 할 말 있어. 요새 내가 너무 바쁘단 말야. 단체 손님도 많아서 아침에 일찍 출근하고 하루 종일 근무하다가 저녁에 집에 오면 화장도 못 지우고 쓰러져 자는데 언제 연락할 시간이 나겠어. 그건 엄마가 이해를 해 줘야지."

동생의 이야기를 듣는 엄마의 눈과 뺨이 점점 붉게 달아오르고 있었다.

"너... 밖에 나가서 사는 가족이 있다는 게 얼마나 걱정스러운 일인지 모르지? 이젠 커서 더는 품 안의 자식이 아니라지만 너는... 너는...!"

자신의 마음을 몰라주는 것이 야속하다는 듯 말을 마치지 못하고 엄마는 눈물을 터뜨렸다. 그 모습을 보던 동생도 입 모양을 삐죽삐죽 세모로 모으더니 따라 울었다. 엄마는 꾹꾹 눌러 놨던 서운한 마음을 오랜만에 다 모인 자리에서 술김에 털어놓았고, 동생은 나름대로 자신이 처한 상황을 몰라주는 엄마에게 미운 말로 되받아쳤다. 옆에서 그 광경을 바라보며 가만히 듣고 있던 아빠는 웃음을 터트렸다.

"이놈들, 바빠도 엄마한테 자주 연락하라니까. 전화는 정말 중요해. 바빠서 자주 잊어버리겠지만 계속해서 기억

해야 해."

 전화 한 통이 단순히 연락을 주고받는 의미가 아니라 서로의 마음을 표현하는 수단이라는 걸 우린 또 '당연함'에 젖어 잊고 있었다.

 이 사건 이후, 동생은 틈틈이 엄마에게 문자를 보내거나 영상 전화를 걸어 왔다. 자신의 직장 근처로 엄마를 불러서 짧은 저녁시간을 이용해 영화를 함께 보는 노력도 해나갔다. 특별한 날은 아니지만 깜짝 선물로 꽃을 준비하거나 열심히 고른 선물을 바코드 쿠폰으로 보내주는 것도 좋지만, 최선책은 함께 보내는 시간이란 걸 또 한 번 깨닫는다. 함께 시간을 공유하게 되면 굳이 말하지 않아도 유대감이 더해져서 서로에게 안정감과 위로를 준다. 이것이 어렵다면 차선책은, 함께 있지는 못하더라도 다양한 방법으로 자신의 시간을 공유하며 간접적으로나마 마음을 나누는 것이다. 우리는 어떤 식으로든 '함께'하려고 노력할 때 마음이 더 가까워질 수 있음을 한바탕 진통을 겪고 나서야 알게 됐다.

이 사건으로 느낀 건 할머니, 할아버지한테도 미안한 마음이 들더라고.

바쁘다며 문자 한 통, 메신저 답장 하나 못 했잖아. 짧게라도 불편한 곳

은 없으신지, 요즘 뭐하면서 지내시는지 여쭤봤어야 했는데. 할아버진 손주들

바쁜데 전화하는 걸까 봐 직접 걸지도 못 하셨잖아. 앞으로는 나도 전화 자

주 하려고 노력할게!

안녕

가족과 함께한 아침 식사를 마치고 식사 내내 툴툴대던 엄마는 알아서 뒷정리를 하라는 말을 남긴 채 딸기가 담긴 접시를 소파로 가져갔다. 나는 빈 그릇을 치워 싱크대로 옮겼고 아빠는 먼지를 털고 청소기를 돌리기 시작했다. 설거지를 끝내고 돌아본 거실엔 요란한 굉음을 내는 청소기 소리에도 아랑곳하지 않고 잠들어있는 엄마가 보였다. 막 청소를 끝내고 선을 정리하는 아빠에게 말했다.

"아빠, 엄마는 나랑 같이 있을 때 계속 티브이를 보거나 휴대폰을 하거든? 근데 꼭 아빠가 오면 저렇게 잠을 잔다?

소파는 불편하다고 평소엔 질색하던 사람이 말야."

얘기를 가만히 듣던 아빠는 둘둘 만 선을 조심스레 서랍에 넣고 엄마를 쳐다보며 말했다.

"너, 그건 모르지. 엄마가 편해서 자는 거야. 아빠가 오니까 편안해서."

눈썹을 찡그리며 일그러진 내 표정을 본 아빠는 이내 말을 덧붙였다.

"너랑 있을 때 불편해서 그렇다는 게 아니라, 넌 자식이잖아. 자식이랑 같이 있으면 신경 쓸 게 얼마나 많니. 자신도 못 느낄 때가 많아 모두 헤아릴 순 없지만 그 피곤함은 계속 누적되지. 아빠도 집에 돌아오면 하루 종일 잠 잘 때가 있잖아. 똑같아."

말을 마친 아빠는 아직 모르겠다는 표정을 짓는 나를 뒤로한 채 잠든 엄마의 머리칼을 쓰다듬었다.

언젠가부터 엄마를 내 관점에서 바라보는 것이 너무나도 익숙해졌다. 나이를 먹을수록 '자식이니까 할 수 있는 말'이라며 부모의 생각은 으레 넘기는 일이 많았다. 내가 엄마에게 하는 말을 가만 생각해 보면 하나부터 열까지 지적했던 게 먼저 떠올랐다. "엄마, 제발 그렇게 하지 마." "엄마, 그걸 꼭 그렇게 말해야 돼?" "그게 아니잖아." 엄마는 내게 잔소리를 들을 때면 종종 당혹스러워했다. 지금껏 옳다 여겨온 것들이 잘못되었다고 말하는 자식들은 자꾸만 그녀를 당황스럽게 만들었다. 구체적으로 어떤 게 다른지 얘기하기보다 핀잔을 툭툭 던지는 식이었으니 일방적이지 않았을까 생각했다.

재작년 추석에 둘째 이모부와 이야기를 나누던 아빠가 자식들에 대해 얘기하다가 별안간 눈물을 흘리는 모습을 본 적 있다. 제대로 듣진 못했지만 세상으로 나간 자식들이 얼마나 많은 결정을 하며 치열하게 살아가는지에 대해 대견스럽기도 하고 걱정되기도 하며 안쓰럽게도 여겨져서 눈물을 보인 것이라 생각된다. 조용히 휴지를 건네주며 자신의 눈시울도 붉게 물들이던 이모부를 보며 부모가 바라보는 자식의 모습은 어떤 것일지 생각했다.

　먼저 접해본 세상에 대해 알려줘야 할 것들과 조심해야 할 것 등, 어디서부터 어떻게 가르쳐줘야 할지 나로선 감도 잡히지 않았다. 아빠는 항상 얘기했다. 세상의 모든 관계는 구속을 하는 순간부터 문제가 생긴다고. 연인뿐만 아니라 부모와 자식 간에도 마찬가지라고. 훗날 날아가고 싶은 순간이 생기거든 신경 쓰지 말고 언제든 가라고, 자신들은 기꺼이 보내줄 마음이라면서.

　이 말씀을 하실 때 아빠는 살짝 눈시울이 붉어졌지만 엄마는 입을 모은 채 아무 말도 하지 않았다. 금방이라도 터져 나오려는 울음을 참는 듯 허공을 응시했다. 일생에서 가장 많은 사랑을 준 소중한 것이 멀리 나아가는 모습을 바라보며 서 있는 것 또한 엄청난 용기가 필요하지 않을까 하는 생각이 들었다. 때론 그 모든 과정에서 부모들은 생각했던 것보다 훨씬 더 많은 사랑이 필요하며 그런 모습은 대단하면서도 무거워 보인다는 생각이 들었다.

할머니, 난 엄마와 싸우는 이유가 성격이 안 맞아서라고 생각했어. 근데 내가 너무 나의 관점에서만 엄마를 몰아세웠던 게 아니었나 싶어. 가끔 엄마가 나한테 "너랑 똑같은 자식 낳아서 키우면 그때 알거다"라고 하거든? 이건 할머니가 엄마한테 했던 말이기도 했잖아. 정말 그때가 되면 나도 알게 될까? 그때도 모르면 어떡하지? 할머니는 어떻게 생각해?

7. 엄마 엄마

단 한 번도

동네 목욕탕에서 아주머니들을 보면 간혹 눈길이 가는 것이 있다. 바로 배에 길게 난 흉터 자국이다. 이 자국은 대부분 출산할 때 필요에 의해 생긴 것이다. 배를 절개한 후 태아를 꺼내는 걸 제왕절개수술이라고 하는데 주로 태아가 거꾸로 서 있는 경우나 유도 분만이 너무 오래되었을 경우에 시술한다. 아이를 낳고 회복 기간을 거친 산모의 몸은 출산 전의 상태로 천천히 돌아가지만 이 흉터 자국만큼은 오래도록 남는 경우가 많다. 차가운 수건을 머리에 두른 채 지나가는 어머니들의 흉터를 얼핏 볼 때면 많은 생각이 든다.

엄마 세대는 요즘과 달리 결혼과 출산이 굉장히 중요했다. 연년생의 아이를 낳는 부모도 굉장히 많았다. 인생에서 상당한 시간을 차지했고 가장 직접적이고 큰 영향을 주기도 했다. 아이를 낳는 날엔 온몸의 기운과 정신력을 동원하여 긴 시간 집중을 해야 한다. 그래서 아이가 세상으로 나온 직후 탈진하는 산모도 많다. 자신의 평생 체력 중 일부를 그때 끌어 쓴다고 할 수도 있겠다. 이후엔 순식간이다. 잠을 설쳐 가며 아이를 먹이고 재우다 보면 어느덧 엄마 손이 필요하지 않을 만큼 커버린 아이를 보게 된다. 이십 년이라는 세월이 고되기도 하면서 하룻밤의 단 꿈같이 느껴지기도 한다. 나이를 먹어도 자식이 아이처럼 보인다는 말은 비단 비유에 그치는 이야기는 아닐 것 같다.

엄마는 나이 먹는 것이 서럽다고 했다. 시간은 뭐가 그리도 급한지 모든 것이 빨리 지나가 버렸다고. 턱을 괴고 창밖으로 멀리 시선을 둔 엄마를 보며 그땐 입 밖으로 꺼내지 못했지만 꼭 해주고 싶은 말이 있었다.

엄마가 지나온 날들은 누군가에겐 평생 고맙고 감사한 시간이었다. 나이 드는 게 서글프다고 한 건 지금으로부터 몇 십 년 전 젊었던 모습을 그리워하기 때문일 거라고 감히 짐작해 본다. 하지만 그때의 빛났던 순간들만 그리워하지 말고 한 해, 두 해 나이가 들어감에 따라 깊은 색으로 빛나고 있는 엄마의 현재 모습도 여전히 아름답다고 말하고 싶다. 끝이 보이지 않을 만큼 푸르고 깊게 빛나는 지금 이 순간도 즐겼으면 좋겠다고. 엄마는 단 한 번도 빛나고 있지 않았던 적이 없었다고.

나를 낳던 날을 할머니가 여러 번 얘기해 줬잖아. 갑자기 산통이 와서 택시를 잡아 탔는데 그날따라 눈이 허벅지까지 쌓일 정도로 내려서 병원까지 가는 길이 너무 험난했다고. 이러다 길에서 애 낳겠다며 택시 기사를 재촉했던 일도 말야. 또 동생을 낳을 땐 너무나도 무더운 여름이어서 혹여나 탈진할까 봐 계속 부채질을 하며 이동했다고. 그러고 보면 엄마랑 아빠 그리고 가족 모두 정말 고생 많이 했다.

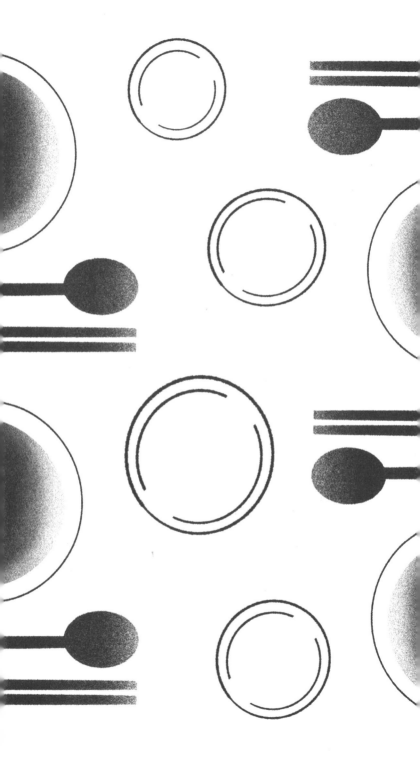

같이

　가족과의 시간 중 제일 기본은 바로 식사 시간이다. 식구라는 단어에는 밥을 같이 먹는 사람이라는 의미만 담겨있지 않다. 재료를 함께 손질하고 옆으로 좀 가라며 밀치기도 하고 투덜거리기도 하는 모든 상황부터, 그렇게 차린 식사를 함께하면서 그간 있었던 이야기들도 함께 떠먹으며 그 시간을 공유하는 사람들을 식구 그리고 가족이라 지칭할 수 있을 것 같다.

　엄마는 사남매와 밥을 같이 먹을 때면 자신의 것을 알아서 챙겨야 했던 습관 때문인지 항상 빨리 먹었다. 밥과 국이 나오기 전에 배가 고프다며 반찬을 먹다가 먼저 배가 부르다고 식탁을 떠나기도 했었다. 속을 채우는 것에만 급급하지 말고 식탁에서 대화 좀 나누자는 토론을 여러 번 했었다. 그런 엄마가 아빠와 가족의 노력으로 아주 천천히 변화하기 시작했다. 처음 몇 년은 고쳐지지 않더니 요즘은 자신의 식사가 조금 빨리 끝나더라도 과일이나 차를 마시며 대화를 이어나가려고 노력하며 분위기에 적응하는 듯 보였다. 어느 날 가족과 외부에서 식사를 하고 난 후 "이제 가자"라는 말을 듣곤 엄마가 미소를 지으며 "조금 더 앉아 있다 가자"라고 말하는 순간 알았다. 이제야 엄마는 식사의 진정한 의미를 찾았구나. 어찌 보면 매일 가족의 밥을 차리면서 의무적으로 행하는 부분이 많았다면 이젠 자신의 의지와 함께 조금 내려놓은 엄마의 행동이 괜스레 뭉클하게 다가왔다.

갱년기라는 변화를 맞이한 엄마의 처음 모습은 '불안' 그 자체였다. 무섭고 힘이 드는데 옆엔 아무도 없다는 생각이 계속 들며 더 깊고 날카로우며 뾰족해졌다.

그것을 보고 가족들은 기존의 환경을 바꿔 보자는 생각으로 일상에 조금씩 변화를 줬다. 집에 있는 시간을 늘려 엄마와 시시콜콜한 이야기를 나누고, 끝 부분에서는 점심은 뭘 해먹을까 하는 고민을 같이 했다. 한동안 시끌벅적했던 몇 가지 사건이 지나고 엄마는 점점 차분해졌다. 오히려 자신의 행동이나 말을 다시 생각해 보는 게 보일 정도로 뾰족하게 돋아있던 부분이 아주 천천히 둥그스름하게 변하는 듯 보였다.

이후 코로나 팬데믹으로 우연히 가족 네 명이 동시에 쉬게 되면서 매 끼니 다같이 밥을 차리고, 거실에서 영화를 보고 때론 퍼즐을 맞추는 일상이 형성되었다. 엄마의 갱년기 증상이 눈에 띄게 나아진 건 가족과 같이 보내는 시간이 많아지고 나서였다. 집에 있다 보니 서로의 스케줄을 자연스레 알 수 있었고 밖에 나가지 못하니 무언가를 만들어 먹기 위해 서로 도와야 했다. 고구마나 가래떡 같은 소소한 간식을 식탁에서 나눠먹는 것 또한 일상적이면서 특별했다. 다시 평범한 일상으로 돌아온 것이었다. 하지만 지금의 엄마는 이후 다시 각자의 자리로 돌아가는 것에 더는 겁내하지 않았다. 가족은 떨어져 있어도 연결되어 있다는 사실이 갱년기로 인해 가슴에 와닿게 되었다고, 하루하루를 열심히 살아가는 게 지금의 최선이라고도 했다.

할머니, 며칠 전에 엄마가 이런 말을 했다? "사람들은 갱년기라서 슬프고 짜증난다고 하는데 마음먹기 나름인 것 같아. 갱년기로 인해 이런저런 일을 겪다 보니 나에게든 자식에게든 긍정적으로 생각하고 말하는 게 중요하다는 걸 생각하게 돼. 나는 계속 살아갈 테니까."라고. 난 그 말을 듣고 정말 깜짝 놀랐잖아. 모두 처음 겪는 일들인데 정작 엄마는 왜 괜찮을 거라고 생각했을까 하고.

8. 선영

초등학교 공개 수업 날, 아이들이 자신의 부모가 왔는지 계속 뒤를 돌아보며 확인하던 혼잡한 교실에 앉아 책을 폈다. 담임선생님이 들어오자 그제서야 살짝 고개를 돌려 뒤에 서있는 많은 부모님들 사이에서 한눈에 들어오는 우리 엄마를 봤다. 매일같이 생활하는 교실에 엄마가 함께 있다는 신기함과 왠지 모를 쑥스러움이 밀려왔다.

사십 분의 수업이 거의 끝나갈 무렵, 담임선생님은 별안간 "뒤에 계신 어머님들 중에 아이의 이름으로 삼행시 발표해 보실 분이 계신가요?"라고 하셨다. 부모님들은 예상치 못한 질문에 멋쩍은 웃음을 지으며 서로 눈치를 보는 상황에서 또렷한 목소리가 교실을 울렸다.

"저요!"

귀가 새빨개졌다. 뒤통수가 따가웠지만 뒤를 돌아볼 수 없었다. 차분한 목소리인 척하지만, 자신감이 꽉꽉 들어 찬 그 목소리는 바로 우리 엄마였기 때문이다.

옆에 앉은 짝꿍과 뒷자리에 앉은 친구들이 누구의 엄마냐며 팔을 장난스레 툭툭 쳤지만 나는 얼어붙은 채로 앞만 보고 앉아 있었다. 이상하게 너무 쑥스러웠다. 지금은 삼행시의 전체 내용이 잘 기억나지는 않지만 마지막 부분은 또렷이 기억난다.

" ... 사랑하는 우리 딸 지현이니까."

엄마의 발표가 끝나자 모두 손뼉을 치며 환호했다. 새빨개진 얼굴을 들어 힐끗 돌아본 교실 뒤편에서 엄마가 나를 보며 환하게 웃고 있었다. 그 많은 사람 앞에서 발표하는 것이 쉽지 않았을 텐데 용기 내어 마음을 표현하는 것이 얼마나 대단하고 고마운 일이었는지를 이제서야 느낀다.

가족과 제일 밀접한 관계를 맺고 살아가는 엄마에게 갱년기가 오는 것은 어쩌면 당연한 수순인 것 같다. 친구와 좋은 곳을 여행하다 오는 것도, 새로운 것을 배우는 것도 좋지만 그 경험을 심리적으로 제일 가까운 사람과 공유할 수 없다면 시간이 흐르면서 무의미하게 느껴질 수 있다. 말하지 않아도 모든 걸 알고 있을 거란 안일함은 엄마의 갱년기를 함께 보내면서 산산이 부서졌다.

이 책은 갱년기에 대한 정확한 정의를 내리려고 만든 책이 아니다. 갱년기를 마주하게 된 가족과 엄마의 시간을 담고 싶었다. 엄마라는 역할을 대표적으로 얘기했지만 아빠혹은 형, 누나, 언니 그리고 동생이 될 수도 있다. 한 가지 역할을 맡은 사람의 이야기가 아닌, 너무 당연해서 잊어버리곤 했던 소통에 대한 이야기로 읽어 주었으면 좋겠다.

할머니, 나는 엄마와 통화하면 언제나 짜증 섞인 말들이 한 문장씩 들어가잖아. 그걸 듣는 엄마의 기분이 어떨지는 나 몰라라 한 채 끊어버리고. 엄마는 자식들의 기분 변화에 아주 민감하게 반응하는데 말야. 언제가 내가 기분이 안 좋은 날 엄마와 통화를 했거든, 나는 티내지 않으려고 했는데 엄마는 "여보세요?"라는 한 마디만 듣고도 "무슨 일 있어? 어디 아파?"라고 바로 알아채는 거 있지. 그걸 보고 '엄마의 자식에 대한 촉이란 정말 대단한 거구나' 하고 생각했어. 때론 무심하다고 느꼈던 엄마의 모든 감정이 그 누구보다 예민하게 반응하기 위해서라는 걸 이젠 느껴. 사람마다 감정을 표현하는 방식은 모두 다르니까. 더 많이 이야기하고 더 많이 나누는 게 중요하지 않을까?

후원자 명단

종이선물	박철홍
전유영	강선영
서진	박재현
시니브로 가온 (서민정)	유세린
지유	글지마
임용택	문동화
조일남	책방마니아
이한솔	히웅
프랭코	마운틴구구
손준수	김수환
강스타	이은실
이예지	노나리
박수경	이정은
정승현	리누

스키터

초판 1쇄 발행   2021년 04월 05일

지은이   박지현
교정교열   신수일

펴낸곳   아홉 프레스
출판등록   2018년 4월 4일 제 2018 - 000066호
주소   경기도 고양시 일산서구 탄중로 101번길
                  33-31, 402호

전자우편   sah00247@naver.com
인스타그램   @sah00247, @ahhope_press

ISBN   979-11-963615-2-5   03810